¡Cuidado!
...niña en el jardín...

Geovannys Manso

"¡Cuidado!...niña en el jardín…"
First Edition
© Geovannys Manso Sendán, 2013
Publisher: Greity González Rivera
Editor: Ernesto Pérez Castillo
Drawing by: Sandra Ramos Lorenzo
Cover Illustration: "Violante" © Sandra Ramos Lorenzo

Manufactured in United States of America

ISBN-13: 978-0615813790 (La Pereza Ediciones)
ISBN-10: 0615813798

For information, write:
La Pereza Ediciones, Corp.
11669 SW 153 Place
Miami, Fl, 33196
United States of America
786-294-7808
www.laperezaediciones.com

Para Lisy, Dylan H. y Lía Violante:
mis «monstruos fabulosos».

—¿Qué es… esto? —preguntó al fin.

—¡Una niña! —contestó Haigha con decisión, poniéndose frente a Alicia para presentarla y abriendo las manos hacia ella en actitud anglosajona—. La hemos encontrado hoy. Es de un tamaño natural, naturalísimo.

—¡Siempre creí que eran monstruos fabulosos! —dijo el Unicornio—. ¿Está viva?

—Y habla —contestó solemnemente Haigha.

El Unicornio dirigió a Alicia una mirada adormecida y le dijo:

—Habla, niña.

Alicia no pudo reprimir una sonrisa al decir:

—¿Sabe? ¡Yo también creí siempre que los Unicornios eran monstruos fabulosos! ¡En mi vida vi uno de verdad!

—Bueno; ahora que ya nos hemos visto —dijo el Unicornio—, si quieres creer en mí, yo creeré en ti también.

LEWIS CARROL

¿Los gatos silban?

Violante es una niña prodigio.

Con cinco años la obsesionan dos problemas: ganar el premio Nobel de Física y un *Guinness World Records*.

Para lo último, planea recolectar un millón doscientas mil setecientas noventa y cuatro semillas de guayabas del Perú en un mínimo plazo de dos horas. Ha plantado quinientas ochenta y cinco plantas en trescientos cuarenta y ocho metros cuadrados en el jardín de su casa. El jardín es amplio, amplísimo, y Violante puede darse el lujo de sembrarlas.

Ganar el premio Nobel de Física es menos complejo para ella. Ha creado un método para evadir los efectos indeseados de la gravedad. Entiéndase: caídas con el llanto subsiguiente, y pérdida de la integridad física de los platos y vasos de cristal; en otras palabras: los platos caen, ¡zas!, y se hacen añicos. Todo lo anterior le provoca desconcierto.

El azar ayudó a Violante. Cierto día lluvioso (aunque la lluvia no viene al caso), se encontraba en la cocina cuando su gato, un siamés de bigotes anaranjados, logró alcanzar el armario donde se escondía un ratón. En su búsqueda, el gato de Violante, a quien ella nombra Arnaldo el Aventurero, provocó la caída de un plato de porcelana vienesa (una porcelana rarísima) que perteneció al tatarabuelo de Violante, quien conoció a su tatarabuela en Viena durante un concierto de Beethoven, un músico genial de aquella época.

Lo cierto es que Arnaldo el Aventurero debió reconocer las consecuencias de aquel accidente imperdonable, pues al tiempo que el plato caía, silbaba (Arnaldo el Aventurero, no el plato), en vez de maullar. Un silbido impecable, largo como el hilo que utiliza la madre de Violante: doña Fela, para tejer bufandas y medias. El plato se detuvo como si el silbido lo abrazara, y cayó en breves oscilaciones, con la lentitud propia de un objeto sin peso alguno, mecido por el viento de la tarde.

Ambos suspiraron a la vez. Violante dedujo que un gato que silba es motivo suficiente para contrariar los designios de la naturaleza, y creó una escuela de silbidos para gatos. Una leve palmada les indicaba cuándo y en qué momento debían silbar con premura. En una semana, tras arduas sesiones de entrenamiento, evitó ocho accidentes y veinte roturas gravitacionales.

Violante se sintió eufórica. Escribió una carta donde definía, en breves palabras, la trascendencia de su descubrimiento y sus incalculables valores para la humanidad. Y la envió a Suecia, un lejano país donde, con seguridad, le otorgarían el Premio Nobel de Física. Luego se sentó, muy tranquila, a esperar la respuesta.

Durante el período de espera, comprobó con pesadumbre que no podría obtener el Record Guinnes. Las plantas que sembró en su amplísimo jardín tenían un injerto. Esto provocó que el guayabal no ofreciera los frutos esperados, sino que, tras florecer, y luego madurar, Violante descubrió que eran mangos filipinos. Recolectar entonces un millón doscientas mil setecientas noventa y cuatro semillas en un espacio de trescientos cuarenta y ocho metros cuadrados se tornó imposible, tan imposible, como el deseo de que sus padres comprendieran su necesidad de independizarse y vivir en otra ciudad, sin los cuidados de doña Fela, pendiente a las explosiones en su nuevo laboratorio.

La carta, sin embargo, llegó. Una mañana lluviosa (aunque la lluvia no viene al caso), el cartero la dejó en el umbral de la puerta principal, remitida desde Suecia, con un letrero enorme, escrito en sueco, por supuesto.

Al ser traducido, todos pudieron leer:

¡¡¡SORPRESA PARA VIOLANTE!!!

Esta vez, sólo Arnaldo el Aventurero suspiró, al suponer que en Suecia no encontraría ratones tan apetitosos ni prestos al silbido antigravitacional.

La máquina del tiempo

Al llegar la Navidad, Violante pidió a los Reyes Magos un único regalo: una máquina del tiempo. La noche anterior a su llegada, Violante no durmió. Abría un ojo, y otro, y otro, y otro, y otro, y otro, nunca ambos a la vez, con la intención de sorprender a Baltazar, a Melchor y a Gaspar; pero en vano. Un leve cansancio de los párpados y, al despertar, descubrió la máquina. Plena de brillos y colores, palancas, circuitos y cabinas. «Una hermosa máquina» –pensó, entre un bostezo y otro.

Dos incógnitas se presentaron ante ella: ¿qué deseaba más: viajar al pasado, o al futuro? Otra vez el azar vino a socorrerla. Lanzaría a Arnaldo el Aventurero hacia arriba: «Si cae de patas, viajaré al futuro; si lo hace de lomo, de cola, o de orejas, al pasado». Con increíble destreza, el gato siamés de bigotes anaranjados, cayó de patas. Violante no tuvo otra opción: viajaría al futuro.

Buscó su mochila y colocó en ella los siguientes utensilios y artefactos:

-un cepillo de dientes, eléctrico…

-dos libretas de notas…

-binoculares…

-medio Tratado de Física Cuántica…

-las tres octavas partes del Diccionario Futurol-Español Español-Futurol (idioma del futuro)…

-ocho herraduras al cubo…

-la enésima porción de varias piedras volcánicas…

-la raíz cuadrada de doce brújulas…

-once besos de doña Fela dibujados con creyón en una hoja amarillenta (aunque el beso aún se mantenía muy vivo)…

-la foto de Igor Stravinski (por quien Violante suspiraba cada medio minuto)…

-un tentempié…

-dos libras de azúcar…

-pan tostado…

-y agua, varios litros de agua…

Con miedo, conjeturó que, tal vez, el futuro resultaría desértico y fantasmal.

Arnaldo el Aventurero se ofreció a viajar. Quería conocer a sus descendientes y las posibles mutaciones de los ratones del futuro…

¡No bostece, no estornude, no suspire…!

Violante y Arnaldo el Aventurero observaron con asombro las múltiples cabinas. La primera los invitaba a viajar a la Antigüedad; la segunda, a la época anterior a la Revolución Francesa; la tercera, a los siglos XIX ó XX; la cuarta, al Futuro; la quinta, al Futuro Lejano; la sexta, al Futuro Lejanísimo; la séptima, al Futuro Indeterminado. Tantas opciones como vidas tenía Arnaldo el Aventurero, quien había agotado tres de ellas: una, al saltar en paracaídas cuando era pequeño; otra, al enfrentar un ciclón dos años atrás; la última, intentando ser el equilibrista de un circo ambulante. Desde entonces, dejó de llamarse Arnaldo a secas y tuvo apellido: el Aventurero.

Al entrar en la cabina que los conduciría al futuro, descubrieron las instrucciones:

Primero: Solo se admiten cuarenta libras de peso. Ni una más, ni una menos.

En una balanza que colgaba del techo, Violante colocó su mochila (de las correas), a Arnaldo el Aventurero (de las orejas), y a sí misma (de las manos). La balanza determinó que el peso total era de quince kilogramos. Violante buscó una tabla de conversiones. Debía multiplicar los kilogramos por 2,2 para convertirlos en libras, y realizó la operación matemática:

KILOGRAMOS POR 2,2 = LIBRAS
15 KILOGRAMOS POR 2,2 = 33 LIBRAS

La instrucción no ofrecía oscilaciones: «Ni una más, ni una menos». Así que Violante se frotó la cabeza (gesto indicador de un cerebro pensante) y optó por llevar una sombrilla de siete libras:

33 LIBRAS + SOMBRILLA DE SIETE LIBRAS = 40 LIBRAS
(peso ideal para viajar al futuro)

Segundo: Suspire nueve veces; estornude cuatro; bostece ocho.

«Extraña orden» –pensó Violante.

«Divertida» –imaginó Arnaldo el Aventurero.

Y la cumplieron al instante.

Tercero: No bostece, no estornude, no suspire durante el viaje. Si estornuda, si bosteza, si suspira durante el viaje, no regresará jamás.

Entonces bostezaron, estornudaron y suspiraron cien veces más, y fraguaron un pacto: la cola de Arnaldo el Aventurero con el dedo índice de la mano izquierda de Violante:

—No bosteces, no estornudes, no suspires.

—No suspires, no bosteces, no estornudes.

—Mientras dure el viaje.

—Mientras dure el viaje.

—¿Lo juras?

—¡Lo juro! —dijo Violante, deseosa de ver su cuerpo convertido en microparticulas.

—¿Lo juras?

—¡Lo juro! —dijo Arnaldo el Aventurero: loco loquito porque todo comenzara.

Y apretaron el botón que decía:

FUTURO

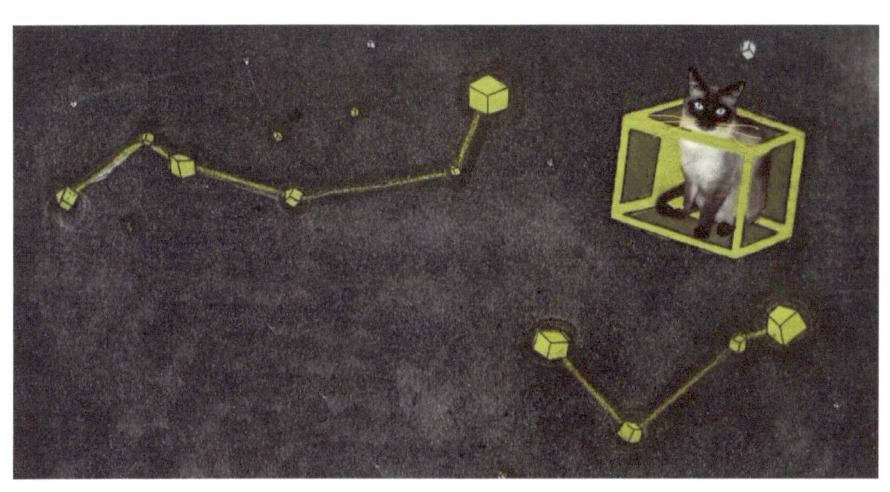

El viaje

Un pestañazo de Violante y un maullido, lento pero enérgico, de Arnaldo el Aventurero, bastaron para que el viaje se concretara. Antes de abrirse la puerta metálica de la cabina, en una pantalla tornasolada, pudieron leer:

–Usted no ha bostezado

–Usted no ha suspirado

–Usted no ha estornudado

«¡Cuánto respeto el de esta máquina!» –pensaron al ver ese «Usted» repetido tantas veces.

–¡No soy una máquina! –escribió ofuscada en la pantalla tornasolada la No máquina. Para luego agregar:

Se advirtieron:

–Un pestañazo (de Violante)

–Un maullido, lento pero enérgico (del gato, seguramente)

–Una mirada furtiva (entre ambos)

–Un sobresalto (del gato, supongo)

–Nada de esto invalida su viaje. Pueden pasar –notificó con premura la No máquina.

Y la puerta se abrió con el estrépito propio de una obertura sinfónica.

El futuro ¡al fin!

Decepción. Un gran manto blanquecino se extendía hasta el horizonte, sin tonalidades o gestos. Caminaron al Norte, al Este, al Sur, al Oeste, al Noreste, al Suroeste, y nada encontraron sino el blanco, la total ausencia de sonidos, personas, animales o flores.

–¡Así que este es el futuro! –exclamó Violante, rascándose la barbilla como un filósofo estoico.

Arnaldo el Aventurero olfateó aquí y allá, pero no encontró rastro alguno de ratones y mucho menos de sus anhelados descendientes.

–¡¡¡FUTURO!!! –gritó Violante–. ¡¡¡FUTUROOOOOOO…!!!

Y el eco se propagó hasta algún sitio indeterminado de lo blanco.

Violante conjeturó que el futuro solo existe desde el presente. Son nuestros sueños y anhelos. Nuestro deseo de SER más allá del HOY. Dibujó un abrazo sobre la superficie lechosa. Pensó que ese signo, colocado allí con toda su carga simbólica, ostentaba la posibilidad de un futuro posible.

«Si el futuro es un abrazo –imaginó con absoluta esperanza–, me gustaría llegar a él un día».

Regresaron a la cabina. La puerta se cerró con el estrépito propio de una obertura sinfónica; y evitando todo suspiro, todo bostezo, todo estornudo, apretaron el botón que decía:

REGRESO AL PRESENTE

¡¡¡FUTUROOOOOOO...!!!

También los murciélagos sufren stress

—¿Es que los nombres deben significar algo? —preguntó Alicia, dudosa.
—Claro que sí —contestó Cabezota con una breve risa—: el mío alude a mi forma…
y en verdad que es un perfil agradable. Con un nombre como el tuyo, puedes tener
una forma cualquiera.
LEWIS CARROLL

Cuando los días comenzaron a alargarse, como si perpetuaran el solsticio de verano, Violante esperaba con mayor ansiedad cada atardecer: hora imprecisa donde el día ofrece sus espacios a la noche, sus oscuridades, su luna, sus estrellas.

Para ella, el atardecer representaba dos posibilidades inagotables.

La primera: reencontrarse con Mercurio, su planeta favorito: intenso, situado casi en la extraña línea que forma el horizonte, lejos también del riachuelo y las colinas; distante del bosque formado por pinos casuarinas, del ferrocarril y los campos sin roturar.

Violante lo sabía, pues, en cierta ocasión, se dispuso a descubrirlos. Parecían cercanos, atrapables con las manos, justo detrás de alguna encrucijada del camino o bifurcación de los senderos; pero toda suposición resultó enigmática. Al disponerse a gritar: ¡los atrapé, bribones!, ambos: el horizonte y su planeta favorito, reaparecían, imperturbables, en un sitio lejano, imposible de alcanzar.

La segunda: se asociaba a una bandada de murciélagos voraces que desaparecían sobre la arboleda para mitigar hambre y sed con cada fruta. En ocasiones, sin ser vista por doña Fela, pues de hacerlo pondría el grito en el cielo o quién sabe si en algún sitio aún más lejano, Violante subía a un árbol pequeño y colocaba sobre un plato un sinnúmero de frutas, fragmentos de forma cuadrada, triangular, romboidal o piramidal. Otras veces, convertía la fruta en graciosos animales: osos, cigüeñas, patos, canguros, conejos, gallinas, y los dejaba allí, para descubrir al día siguiente su ausencia.

Por tanto, a la amplia lista de ocupaciones diarias, Violante sumó la de ALIMENTADORA DE MURCIÉLAGOS. «Singular ocupación —pensó—, pero divertida».

Cierta mañana lluviosa (aunque la lluvia no viene al caso) al recoger el plato que ya sabemos colocaba cada atardecer, Violante descubrió un murciélago dormido.

–¡Pssssssssss, psssssssss!, despierta, murciélago.

El murciélago, ajeno a todo llamado, permaneció en su sitio, tapándose la cabeza con un ala.

–¡Psssssssss, psssssssss! Despierta. Ya amaneció –replicó Violante.

–Déjame dormir –respondió enfadado el murciélago.

–¿Por qué no estás con los demás murciélagos?

–¡Ya no soy un murciélago! –respondió el murciélago. Y bostezó.

–¡Ahhh, ¿no?! ¿Y qué eres ahora?

–No sé. Debo averiguarlo, supongo.

–¿Y qué eres ahora? –volvió a preguntar Violante, más intrigada que un detective de las películas policíacas.

–Ya te dije que no lo sé. Me han declarado murciélago *non grato* en mi comunidad. Del latín *non gratum*, es decir: indeseado, intolerable a la vista, al olfato, al gusto y al oído. Ahora no soy un murciélago.

–¿Y qué ocurrió para que te declararan murciélago "non grato" en tu comunidad?

–Bueno, entre otras cosas, me cansé de dormir cabeza abajo. En realidad, me daban vértigos, mareos, náuseas, y la sangre me bajaba a la cabeza. Así que decidí dormir como la gente normal. ¿Entiendes?

–No, creo que no –dijo Violante.

–Bueno, hay algo más… –agregó el murciélago que se había cansado de dormir cabeza abajo.

–¿Algo másss…?

–Sí. Ahora soy un murciélago diurno. Es decir, soy diurno, pero no sé si en realidad soy un murciélago. Me harté de vivir de noche, de comer de noche, de volar de noche, de leer de noche, de escribir de noche, de pensar de noche, de viajar de noche, de cantar de noche, de suspirar de noche, de bailar de noche, de dialogar de noche, de…

–¡Está bien! ¡Está bien! Ya comprendí –lo interrumpió Violante, al imaginar que la lista de funciones nocturnas no culminaría jamás.

Violante comprendió que, en cierto modo, el No murciélago tenía razón: si no dormía cabeza abajo como los murciélagos y, para colmo, dejaba de ser un murciélago nocturno para convertirse en un No murciélago diurno (¡qué trabalenguas!), ciertamente no era un murciélago, sino un ave como cualquier otra: una paloma, un ruiseñor, un tomeguín del pinar, o una alondra.

–¿Por qué no te unes a una bandada de aves migratorias? –sugirió Violante, quien días atrás había leído *El Principito*, y supo que de modo tan original este había abandonado el asteroide B 612. Y quedó feliz, al ofrecer una solución muy saludable y atrevida.

–Por la misma razón por la que el delfín tiene aletas, pero no es un pez; y el ornitorrinco un pico espatulado, pero no es un pato. Yo, niña, tengo alas, pero no soy un ave. Tengo alas, es cierto, pero soy un mamífero, como tú.

–¡Yo no soy ningún mamífero! ¡Engreído! Soy un ser humano. Una niña. ¡Más mamífero serás tú! –vociferó Violante, bravísima al pensar que el No murciélago la había ofendido. Y descendió del árbol, con la absoluta intención de no volver a dirigirle la palabra a ese «ramífero» (¿por algo vive en las ramas, no?), que para colmo tenía alas y decía no ser un ave.

«¡Decirme que soy…! ¡Ave ramífera engreída! ¡Decirme a mí…!» –farfulló enfadada Violante, y entró a la casa, poseída por la nostalgia de otro atardecer.

¡Volvemos pronto…!

—Cuando yo uso una palabra —dijo Cabezota con tono bastante despectivo—,
significa exactamente lo que yo quiero… ni más ni menos.
—La cuestión es —insistió Alicia— cómo puede lograr que las palabras signifiquen
tantas cosas diferentes.
LEWIS CARROLL

Al despertar una mañana de invierno, Violante encontró en el espejo de su cuarto la siguiente nota:

SALIMOS DE VIAJE
NECESITAMOS RECORRER EL MUNDO
VOLVEMOS PRONTO…
TUS PALABRAS

Pensó que doña Fela, dada a bromas y sorpresas, había decidido burlarse en secreto. Salió del cuarto y, al encontrarla entre cerezas, ajíes y mangos, intentó decir:

—Ja, ja, ja, ¡qué gracioso!

Sin embargo, de sus labios solo brotó un vacío silencioso. «Sorda –pensó Violante–. Quedé sorda». Y gritó más fuerte:

—Jaaa, jaaaa, jaaaaa, ¡qué graciosooooooooooooooo!

Al verla, doña Fela sonrió.

—¿Y esas muecas, Violante? ¿Dormiste bien?

—¡¡Sí!! ¡¡Síiiii!! –gritó, ofuscada–. ¿No me escuchas?

—Pareces un mimo –le contestó doña Fela, al creer que payaseaba.

A punto de llorar, la condujo a su cuarto y le mostró la nota.

Allí estaba, dibujada con crayolas:

SALIMOS DE VIAJE
NECESITAMOS RECORRER EL MUNDO
VOLVEMOS PRONTO…
TUS PALABRAS

—¡Ay, muchacha! ¡Eres tremenda! –dijo doña Fela, besándola en la frente con cariño.

Violante confirmó que los adultos eran seres muy raros. Sus palabras, sin previo aviso, sin solicitar permiso, con anarquía absoluta, decidían irse de viaje, y su madre ¿qué decía?: «¡Ay, muchacha! ¡Eres tremenda!»

Un ligero error de número transformaba el verdadero sentido de la frase, pues doña Fela debió decir: «¡Son tremendas!» No en singular, ¿comprenden?, sino en plural.

Al saber que nada evitaría la idea fugaz, pero definitiva, de su madre, al pensar que deseaba permanecer en silencio, quizás por una determinación caprichosa, Violante hizo un gesto de resignación y se dirigió al jardín con la remota esperanza de encontrar sus palabras.

Al tercer día de silencio, incómoda ante la necesidad de pedirlo todo por señas, Violante recibió un telegrama:

"hemos escalado los alpes suizos punto y seguido consonantes y vocales débiles han llegado últimas coma forman diptongos con vocales fuertes para alcanzar la meta punto y seguido estamos felices puntos suspensivos"

tus palabras

Violante suspiró y la envidia recorrió su cuerpo. No comprendía por qué sus palabras decidieron abandonarla. Las imaginó entre montañas y glaciales, entre aludes y nevadas, escondidas en alguna cabaña y prestas a esquiar. «¡Si pudiera convertirme en una palabra! –pensó Violante desconsolada–. ¿Pero cuál? ¿En cuál palabra me convertiría si un hada madrina cumpliera mis deseos?»

Buscó un diccionario y lo abrió al azar.

Navegador. adj. Que navega…

Violante se imaginó en un barco, pletórico de marineros y peces, entre tempestades y olas. Un leve mareo la llevó a otra palabra.

Montinia. Género de plantas pertenecientes a la familia de las Onagrariáceas, cuyas especies habitan en el Cabo de Buena Esperanza.

«¡Quién fuera una montinia para vivir en un sitio de tan bello nombre! ¡Cabo de Buena Esperanza! Allí, con seguridad, las personas no conocen el pesimismo o la tristeza».

Hojeó el diccionario de la A hasta la Z, y encontró cientos de palabras que deseó haber sido. Al guardarlo en el viejo estante de cedro, doña Fela llegó a casa con un doctor.

«¡Horror!» –pensó, y se escondió debajo de la cama junto a Arnaldo el Aventurero, quien imaginó se trataba de un veterinario.

Cuando su madre aclaró que solo revisarían su garganta, Violante accedió a salir.

–¡No habla, doctor! –dijo doña Fela, y con impertinencia obvió la nota del espejo.

El doctor, con gestos cariñosos, abrió la boca de Violante.

–Di AAAAAAAAAAAAAAAA.

Pero Violante no podía decir AAAAAAAAAAAAAA, porque la A, que es una vocal fuerte, se encontraba en el Mont Blanck, en los Alpes, formando diptongos y tiritando de frío.

—Insólito —sentenció el doctor—. Insolitísimo.

Y recetó lo siguiente:

Jarabe de pasiflora
cuando llegue el mediodía,
y otras dos veces al día
elixir de hierba mora.

Gárgaras de romerillo,
dos cucharadas de miel.
Ungüento siempre de aquel
arbusto tenue: el tomillo.

Puede jugar y correr,
perderse entre la maleza,
ha de sentarse a la mesa
cuando prefiera comer.

Aire fresco, y sus modales
—que nunca debe olvidar—,
Y, si es preciso, buscar
sus nuevas cuerdas vocales.

Y se despidió, entre reverencias y mimos.

Se compran cuerdas *bo-ca-les*

Al suponer –con razón–, que las susodichas cuerdas se encuentran dentro de la boca, doña Fela cometió un gravísimo error ortográfico, pues las que necesitaba Violante, no eran "bo-ca-les", sino "vo-ca-les". Con v de visionario, vajilla, vegetal, viernes. En fin, con esa v (uve), ¿comprenden?, y no con la b de batalla, barril, bebedero, bombón, bolsillo, bullicio, bola, bribón, brújula o batido.

Lo cierto es que el citado error no evitó que un centenar de vendedores aparecieran en aquel sitio para ofertar cuerdas bocales y vocales. No faltaron los desinformados con cuerdas de violín, viola, violonchelo, guitarra, cuatro, contrabajo, tres y laúd (por solo citar los instrumentos de cuerdas más conocidos). Otros portaban consigo cuerdas lunares y solares, para cabestrillos, para anudar bultos postales, y para tenores, sopranos, mezzosopranos y contraltos.

Violante reía ante tal desatino, al saber que sus cuerdas vo-ca-les se encontraban en su sitio, y que el problema residía en el viaje no anunciado de sus palabras.

El alud de cuerdas enmudeció a doña Fela, quien retiró el cartel bellamente escrito en caracteres góticos, y esperó, con la paciencia característica de toda madre, que el capricho de Violante cediera en cualquier momento, tal y como había ocurrido tantas veces atrás.

–Si será terca esta hija mía –susurró risueña doña Fela, y se alejó con el cartel bajo el brazo.

Adverbios y gerundios / Gerundios y adverbios

–¡Telegrama para Violante! ¡Telegrama para Violante! –clamaban desde la entrada.

Alegre, despertó y corrió hasta encontrar al cartero con su manojo de cartas, telegramas, giros postales, revistas y periódicos.

–¿Para mí? ¿Está seguro? –preguntó Violante, sin palabras, por supuesto; más bien entre gestos y maromas.

–Tan seguro como que me llamo Atanasio Cartomántico Pérez de la Soledad, hijo de Remigio, viejo tabaquero; hijo de Estridencia Pérez de la Soledad, más conocida como Estridentica. Bien lo dice el sobre: «Entregar en las manos, en los pies, o en la boca de Violante. Sin intermediarios». Y esto lo escribieron en MAYÚSCULAS, ¿ves?

–Firme aquí, por favor –agregó Atanasio Cartomántico Pérez de la Soledad; es decir, el cartero.

Violante firmó, e inmediatamente colocaron el telegrama en su boca.

–¡Misión cumplida! ¡Salud y suerte en idénticas proporciones! –recitó Atanasio Cartomántico Pérez de la Soledad, alejándose con su manojo de cartas, telegramas, giros postales, revistas y periódicos.

El telegrama pesaba tanto o más que un viejo tratado de muchas páginas. «Ha de ser el telegrama más grueso del mundo» –y se dispuso a leerlo allí mismo, muy cerca del jardín.

"con premura regresan adverbios y gerundios debilitados por el calor del desierto del sahara punto y seguido mañana partimos hacia las alturas andinas coma último sitio de nuestro recorrido punto y seguido no te preocupes coma tras descender un cráter volcánico y extasiarnos en las cataratas del iguazú coma volveremos punto final"

tus palabras

Al instante, gerundios y adverbios la abrazaron, contándole toda suerte de aventuras y desventuras, tropiezos, caídas, ascensos y descensos, caminatas y vuelos en globo, zepelín o en avión.

Durante algunos días, Violante solo pudo responder o hablar con pequeñas frases, que bastaron para evitar su mutismo anterior. Si doña Fela preguntaba: «¿Violante, estás ahí?», ella respondía: «Durmiendo profundamente» (gerundio + adverbio).

Doña Fela. (Preocupada.) ¿Qué haces?

Violante. (Despreocupada.) Corriendo (gerundio).

Doña Fela. (Angustiada.) ¿Has visto a Arnaldo el Aventurero?

Violante. (Sin rastro de angustia.) Posiblemente (adverbio).

Así, hasta que, una mañana, sobre el espejo, escrita con crayolas, descubrió la siguiente mininota:

REGRESAMOS EN LA MADRUGADA.
NO HEMOS QUERIDO DESPERTARTE.
AL PARECER SOÑABAS.
TUS PALABRAS

Violante corrió hasta la cocina y gritó:

—¡Han vuelto, mamá! ¡Mis palabras han regresado!

Doña Fela, quien nunca creyó eso de que las palabras de uno pudieran abandonarnos para conocer nuevos mundos, dijo:

—¡Ay, Violante, eres tremenda, muchachita! ¡Eres tremenda! —solo eso, preocupada ante la posibilidad de un nuevo viaje, imaginario para ella, pero real, muy real para la pequeña Violante, quien se alejó hacia el jardín a escuchar nuevas aventuras: entre suspiros y risas; entre abrazos y deseos de protagonizar aquellas hazañas…

¡Es hora de casarse!

–¡Enamorado! –dijo Arnaldo el Aventurero a Violante–. ¡Estoy enamorado, y me voy a casar!

La decisión le pareció a Violante algo repentina, pero decidió apoyar a su gato favorito en sus empeños amatorios. Doña Fela dictaminó que Arnaldo ya era un felino adulto; así dijo: «felino», y no gato, intentando encontrar un sinónimo a esa vasta familia que forman panteras, tigres, leones, jaguares y tantos otros. En verdad, era así: Arnaldo el Aventurero era un felino hecho y derecho, por lo que lo abrazaron, deseándole todo tipo de bienaventuranzas.

Tras la boda, breve como un suspiro de domingo (bastaron algunos maullidos y ronroneos de aprobación por ambas partes), Arnaldo decidió vivir en el jardín de la casa. Allí se le habilitó un espacio confortable en lo que antes fuera un viejo y desvencijado barril.

El embarazo de Zenaida (así se llamaba la esposa) le provocó no pocos sobresaltos a Arnaldo. Esta se tornó antojadiza y no le bastaban ratones apetitosos, pues la siamesa de bigotes azul cielo necesitaba: hoy, pizza; mañana, bistec; hoy, sopa; mañana, helado, lasaña, congrí, ensalada de pepinos (sin aliño), bombones de chocolate, flan, jugos exóticos, dulces italianos y búlgaros…, hasta hacer la lista interminable.

El siamés de bigotes anaranjados debió agenciarse dos trabajos: uno, como traductor de lenguas muertas; y otro, como cantante en un cabaret nocturno. Así, en las noches, lo mismo cantaba un viejo bolero, que traducía a los antiguos poetas latinos. Por suerte, los antojos cedieron paso a una glotonería sin precedentes, y a Zenaida le bastaba cualquier plato con tal de llenar su estómago, por lo que Arnaldo el Aventurero volvió a ser un Cazador de Ratones Independiente; en definitiva, lo que más le agradaba en la vida.

Un maullido de dolor anunció a Violante el parto inmediato. Ofició entonces de Comadrona principal. Doña Fela ocupó el cargo de Comadrona asistente. Con felicidad, vieron aparecer dos gatos pequeñitos («dos ratones» –pensó Violante–) con la pinta aventurera del padre y los bigotes azul cielo de la madre. «Unas bellezas» –agregó la Comadrona asistente, es decir, doña Fela, y festejaron el nacimiento con un banquete donde predominaban la leche fresca y el pescado. En breve, Violante y Zenaida se convirtieron en confidentes: secretos van y secretos vienen. De esta forma, Zenaida supo lo siguiente:

A: Violante estaba muy apenada y triste por confundir al No murciélago con un ave. Días atrás leyó la Enciclopedia y descubrió que, ciertamente, era un mamífero. Al querer encontrarlo, supo que este había desaparecido, quizás en busca de alguna No murciélaga (suponemos que así debe llamarse la novia de un No murciélago).

Be: Que necesitaba un hermano, pero doña Fela y su padre nada decían al respecto.

Ce: Su mayor anhelo era convertirse en una vedette famosa, aparecer en filmes, en programas de televisión, radio, y recorrer el mundo, tal y como hicieron sus palabras meses atrás. Aventura que desconocía Zenaida.

De: En un futuro, pero aún muy lejano, soñaba casarse con un pintor surrealista, un astronauta, o un cantante de rock, pero que fuera bueno, muy bueno, como Cuasimodo, enfatizó.

Violante, en cambio, conoció lo siguiente:

Alfa: Zenaida quería teñirse el pelo, pues siempre soñó con ser una gata barcina, y no una siamesa de bigotes azul cielo (sueño que se cumplió al día siguiente, para asombro de Arnaldo el Aventurero).

Beta: Su gran sueño postergado era subir al árbol más alto del mundo, y maullar allí: toda la noche («siempre hay sueños imposibles de cumplir» –pensó Violante).

Gamma: Zenaida quería convertirse en la líder de una causa social y defender los derechos de cada gato –no interesaba su raza– a pertenecer a un hogar y ser felices).

Y por último: (Épsilon, ¿no?)

Remodelar su barril-casa, y colocar un cartel que dijera, en letras muy llamativas y sinceras (si es que la sinceridad podía mostrarse en cada letra o palabra):

¡Visítenos!

¡Somos una familia de bienvenidas interminables!

–¡Trato hecho! –dijo superentusiasmada Violante, y se dispuso a pintar el cartel...

Teatreros ambulantes

«¿Cómo no se me había ocurrido antes? –pensó Violante iluminada por aquella idea–. ¿Cómo no se me había ocurrido antes?»

Al comunicárselo a doña Fela, esta aceptó, siempre y cuando –esto lo dijo casi con voz de soprano– no excedieran los límites del jardín, realmente amplísimo, así que a Violante le pareció asimilable el límite impuesto.

Ella, Arnaldo el Aventurero y Zenaida –ávida por promover todo hábito antirrutinario–, escogieron un extenso repertorio teatral que les permitiera llegar a un público tan amplio como diverso. El jardín, interminable como una pradera africana, estaba poblado, según el último censo realizado por Violante, por 700 000 hormigas de diversas especies; 545 mariposas; 15 iguanas; 4 lechuzas; 36 gallinas; 2 gallos; 4 gatos (3 siameses y una barcina teñida); 8 cerdos; 1 serpiente; 112 murciélagos (111 si obviaba el No murciélago); sin hablar de los mosquitos, moscas, ranas y cucarachas, que se reproducen de manera indeterminada, por lo que todo censo resultaba infructuoso. «Un público numerosísimo» –pensaron todos, y emprendieron la tarea sin retraso.

Improvisaron un escenario rústico, utilizando como telón una bata de casa de doña Fela. Todo parecía sencillo, pero las hormigas (700 000), ocuparon más de la mitad de los espacios destinados al público; la otra mitad fue ocupada por la serpiente, pues medía dos metros de longitud. ¡Uff! ¡Un grave problema! El resto protestó. Era de esperarse. Algunas hormigas se pusieron bravísimas; otras, medio locas al verse desplazadas. El majá debió enroscarse sobre sí mismo para cederle espacio a una bandada de mosquitos zumbadores.

La trascendencia del proyecto TEATREROS AMBULANTES no se hizo esperar. Tras escasas semanas, los espíritus críticos del jardín en sus diarios respectivos, reseñaron «la magnificencia de los recursos expresivos de Violante y su facilidad para mostrar conflictos tan puntuales para la comunidad». (Perdonen, pero así hablan los críticos. Su idioma es algo extraño. ¡Perdonen! ¡Perdonen ciertamente!).

Otros diarios, semanarios y mensuarios mostraron sus conclusiones y alabanzas. El diario matutino, *Kikirikí para ti*, con una tirada masiva de medio ejemplar, manifestó:

«Es una obra muy actual y orgánica. Los actores son de primera línea. Zenaida es incomparable. La mejor actriz del mundo».

Muchos descubrieron, tras esas palabras, el estilo inconfundible de Arnaldo el Aventurero. Pero no podemos probarlo con certeza. El propio Arnaldo dijo: «Yo no he sido».

La pasión por la actuación se vio coronada con la creación de una Cátedra para Actores Noveles, es decir, una escuela para todo aquel o aquella que quisiera actuar, fueran jóvenes o no, dirigida por Arnaldo el Aventurero. En pocas semanas, existían tantos actores y actrices en el jardín, y también entre los patios vecinos, como seres vivos en cada uno de ellos. Atanasio Cartomántico Pérez de la Soledad, «actuó» como coordinador, entregando cartas y telegramas de aceptación a los iniciados. Él mismo se ofreció para algún «papel secundario» en cualquier obra.

El colmo de la felicidad llegó cuando fueron nombrados por el Consejo Internacional de Jardines Artísticos con la distinción: JARDÍN TEATRAL POR EXCELENCIA. La placa conmemorativa los mostraba sonrientes.

Sin embargo, algunos no supieron qué hacer con sus medallas. Violante sugirió colocarlas unidas y crear un sendero que recorriera el jardín de un extremo a otro. Al inicio, situaron una tarja o algo semejante que decía en bellísimos caracteres:

Compañía "Teatreros Ambulantes".
Nuestro destino es la imaginación.
Jardín Teatral por Excelencia.
Funciones a toda hora ¡¡¡gratis!!!

Olvidos imperdonables

Otro rasgo define a Violante, y es que en ocasiones se torna olvidadiza. Tanto, que puede llegar a olvidar su propio olvido. Así de sencillo, y de complejo.

Una tarde terminó deprimida y llorosa. Daba lástima verla tan afligida, como un ratón sin queso por toda la casa. ¿Por qué? Pues había olvidado su esperanza en cualquier sitio. Desesperanzada andaba, como un ejército presto a perder una gran batalla. Buscó en el refrigerador, en los armarios, en las aceras, en el baño, en el cesto de la basura, en la azucarera, en el desván, y nada, todo en vano. Un verdadero fracaso.

En el momento más desesperado de su desesperanza, Violante la encontró en el termo del café. Por lo que aprovechó para bebérsela en una taza de porcelana vienesa. Como quien dice, se la bebió de un trago, pues la esperanza es dulce como el guarapo de caña, dulce como la miel.

Otro día despertó asustadísima. Al mirarse al espejo, descubrió que algo faltaba en su cuerpo; un breve detalle quizás, pero no era la misma Violante de ayer. Repasó una y otra vez su anatomía, parte por parte. Entonces lo supo. Sobre su abdomen, la ausencia del ombligo resaltaba tan vivamente que Violante sintió un sobresalto de alarma y ansiedad.

Se dispuso a buscar sobre la cama, pues con seguridad –pensó–, mientras dormía pudo caérsele. En esos instantes muy bien podría hallarse entre las sábanas, bajo la almohada o en cualquier otro sitio.

Buscó, buscó, y rebuscó, pero nada. Recordó que, en ocasiones, decidía quitárselo durante el baño, para no mojarlo, colocándolo en un pequeño cubo plástico azuloso.

Corrió hasta allí, pero no, no estaba. Comenzaba a extrañarlo cuando apareció doña Fela sonriente, cantando una melodía muy conocida por Violante:

–"Si adivinas lo que traigo aquí…"

Y Violante, siguiéndole la rima:

–"¿Qué cosa?"

Y doña Fela, aún más alegre:

–"Yo te lo doy… Yo te lo doy… Yo te lo doy…"

–¡Mi ombligo! –gritó Violante exaltada.

—Violante —aclaró doña Fela—, no vuelvas a olvidar tu ombligo, pues a través de ese sitio, antes de tú nacer, yo te alimentaba. Es una huella que deja la madre de su cariño y de su amor.

El tono le pareció a Violante demasiado didáctico, pero reconoció la importancia de aquel detallito anatómico en su abdomen, que alguna vez bastó para ser alimentada, como una boca presta a masticar frutas y cereales.

—Lo intentaré, mamita —dijo Violante, tal vez con la seguridad de que, en cualquier momento, lo olvidaría en la primera esquina.

—¡Ay, Violante! Eres la única niña que conozco que deja su ombligo por ahí, como una pelota —y se alejó, recordando que de niña, ella, en cierta ocasión, también lo había olvidado. «Herencia de familia» —pensó doña Fela sonriente.

Esa noche, Violante soñó mil aventuras y creyó recordar que algo había olvidado, pero no pudo saber… Algo había olvidado, pero… Algo… ¡Qué memoria…!

El duelo

—¡Lo reto a duelo ante tamaña ofensa! —gritó a viva voz, entre maullidos de indignación, Arnaldo el Aventurero.

Pero… ¿qué sucedió para que el gato de Violante, aventurero ciertamente, pero siempre apacible y amoroso, llegara a tal límite de retar a duelo a ese gato de bigotes ondulados y pelambre taciturna?, ¿qué sucedió con certeza?

Los hechos:

Tras cumplirse el primer año de casados, Arnaldo propuso a Zenaida una noche de diversión: baile, comidas exóticas y un paseo interminable por los tejados de la zona. Zenaida, con la emoción reflejada en sus orejas (a los gatos la emoción se les refleja allí y no en los ojos), mordió con fuerza la cola de su esposo, gesto que denota agradecimiento en los felinos, aunque Arnaldo maulló no, gritó, por el repentino dolor que le provocaron los colmillos de Zenaida.

Para abreviar: escogieron un club nocturno exclusivo, tan exclusivo que solo podían visitarlo siameses de pura cepa. Arnaldo no disfrutaba esta exclusividad, pero allí servían el mejor atún en salsa marinera de toda la comarca, y Arnaldo era capaz de recorrer el mundo en ochenta días, incluso en menos, por una, o varias, raciones de atún en salsa marinera, y eso bastaba.

Al llegar a la puerta de entrada (es extraño: todos llegan a la puerta de entrada, casi siempre congestionada, en vez de utilizar la de salida, solitaria y quejumbrosa por el uso escaso de sus bisagras, pero en fin…), el detector de siameses de pura cepa, un aparato sumamente sofisticado de nacionalidad japonesa, al ver la pelambre barcina de Zenaida, dictaminó un entrecruzamiento genético, por lo que el gato de bigotes ondulados y pelambre taciturna (propia de un siamés), mostró a la pareja la pancarta prohibitiva:

Si no es siamés de pura cepa, no pase
Evite ser requerido
Firma: Roberta Alerta de la Puerta

Cegado por su ira gatuna, Arnaldo profirió la frase que ya conocemos y que ahora repetimos, dada su importancia en esta historia:

—¡Lo reto a duelo ante tamaña ofensa!

La ofensa no era tan grande, pero Arnaldo prefirió utilizar aquel adjetivo que denotaba gran repercusión de la citada ofensa.

Zenaida, para evitar la trifulca, explicó su categoría barcina otorgada por artes de peluquería, y no de forma natural.

—Verá usted —decía Zenaida—, si soy barcina, es gracias a un tinte, pero, si revisa con cuidado mi carné de identidad, descubrirá la raza que me define: siamesa. ¡Mire! Aquí lo dice —y mostró su documento de identidad:

Nombre: Zenaida.

Raza: Siamesa.

Edad: Cuatro años.

Estado civil: Casada.

Etc., etc…

Pero la explicación fue en vano; y el duelo, inevitable.

La trifulca duelística fue fijada para la una de la madrugada (hora local), en las afueras del pueblo, bajo un roble antiquísimo.

—Presente sus armas —dijo Arnaldo, decidido.

—¿Qué armas? —preguntó atónito el gato de bigotes ondulados desconocedor de las leyes duelísticas contemporáneas.

—Las armas para el duelo, cuáles si no —aclaró Arnaldo, menos ofuscado, intentando sorprender a su ofensor, tan desconocedor como el otro de las susodichas leyes duelísticas contemp… (o lo que sea).

En medio de las aclaraciones, alteraciones, bifurcaciones, dilaciones y reuniones, apareció Roberta Alerta de la Puerta, con una túnica tan radiante que dejó boquiabierto a Arnaldo.

Roberta Alerta de la Puerta, además de firmar la pancarta prohibitiva, era la representante del club exclusivo para gatos siameses de pura cepa. Escuchó con atención manifiesta todas las vicisitudes de Zenaida y Arnaldo para entrar al Cat Club. De un colazo (pudiéramos decir de un plumazo, pero utilizó la cola), agregó a la pancarta lo siguiente:

Si no es siamés de pura cepa, no pase
Evite ser requerido
Se acepta la entrada de siameses teñidos
Deben traer el envase del tinte para comprobar su historia
Firma: Roberta Alerta de la Puerta

Así, pudieron disfrutar (en una mesa preferencial) del atún en salsa marinera; de la langosta a la parrilla; de la asombrosa sonoridad de la orquesta *The Miau Jazz Tropical Band*; y luego, del paseo más intenso que un gato haya realizado por tejado alguno. Tan intenso que las tejas crujieron ante cada maullido; la luna tembló (y no es metáfora); la noche se tornó más oscura, pues, siempre cómplice, quiso evitar que los amantes fueran observados por ojos extraños. Y nos parece muy bien. La soledad, en ocasiones, es importante, y la noche lo sabe.

El duelo fue pospuesto, porque los gatos, a no dudarlo, no son de armas tomar (todo no fue más que una excelente actuación de Arnaldo el Aventurero para impresionar a su presunto ofensor). Los gatos prefieren, en todo caso, ser de leches tomar, de jugos tomar, de aguas tomar, o de abrazos tomar. Así son, y así serán. Tomar, lo que se dice tomar, la familia se encontraba "tomando" clases de ballet. Pero esa es otra historia. Esta termina con el punto siguiente, es decir, aquí (punto).

Un libro posible

Al concluir la historia del duelo, Arnaldo el Aventurero –con la aprobación de Violante (autora y protagonista esencial), así como de doña Fela, Zenaida, y el resto de los implicados, donde sobresalía Atanasio Cartomántico Pérez de la Soledad, es decir, el cartero–, salió a buscar un Editor para aquel libro (el que acaban de leer, precisamente, ¿cuál otro?). Testimonio de la realidad más real e inmediata que habían vivido.

Encontrar a un Editor (no olviden la mayúscula) puede resultar una tarea difícil, muy difícil; pues los Editores no andan como los médicos, con su estetoscopio al cuello, o los panaderos, vestiditos de blanco; encontrar a un Editor (o a varios) es más difícil. Así que, al verse en un bulevar, lleno, lleno, lleno, lleno, lleno, lleno, lleno, lleno, lleno de personas comenzó a preguntar (Arnaldo, recuerden):

–¿Editor?

–No. Ingeniero…

–¿Editor?

–No. Enfermero…

–¿Editor?

–No. Ajedrecista…

–¿Editor?

–No. Músico instrumentista…

–¿Editor?

–No. Piloto de la Real Armada de la Reina…

–¿Editor? ¿Editor? ¿Editor…?

Cansado, Arnaldo entró a una cafetería y pidió un vaso de leche para mitigar la sed, y suspiró al descubrir la frustración de su proyecto. Entonces, al sentarse un señor de barba blanquecina a una mesa cercana, el barman expresó:

–¿Qué desea tomar, señor Editor?

Arnaldo dio un salto que hoy inspiraría a los grandes atletas de la pértiga. Lamentablemente, no pudo repetirlo en los días sucesivos. Se acercó al barbudo señor, y sin pensarlo dos veces, le preguntó:

–¿Editor? –así, lacónicamente, como un sofista antiguo.

Y luego, volvió a repetir:

–¿Editor?

–Sí, ¿qué desea? –respondió el mismísimo Editor.

Tartamudeando, Arnaldo comentó:

–Verá. Violante, a quien usted no conoce, escribió un libro. De aventuras, si se quiere. En verdad, no sabría definirlo. Pero en fin, necesito que lo lea. Creo que le va a encantar, señor Editor –agregó Arnaldo con insolencia literaria.

En brevísimos, indefinidos segundos, el señor Editor accedió a leer el manuscrito.

Arnaldo observó cómo se le iluminaba el rostro, las manos, el cuello, la barba, los botones de la camisa, y los dientes. Parecía, unos minutos después, una lámpara incandescente, un pequeño sol, una luna de noviembre. Luz y más luz, como una planta eléctrica. Al concluir, con similar incandescencia, preguntó:

–¿Qué título llevaría, si se puede saber?

Arnaldo, sin pensarlo, respondió:

–"¡Cuidado! …niña en el jardín…" ¿Le parece bien?

–¡Excelente título! —exclamó entusiasmado el señor Editor, aún luminizado (lumínicamente hablando).

Y agregó:

–¡Será un bestseller! ¡Un bestseller! —y se alejó: luminoso, luminizado, e incandescente, con el libro bajo el brazo.

–¡Prepárate! –dijo Arnaldo el Aventurero a Violante al regresar a casa–. Dentro de poco no quedará ser vivo que no nos pida un autógrafo. Bien lo dijo el señor Editor: ¡Esta historia será un bestseller! ¡Un verdadero bestseller!

¡Punto final, no! ¡Puntos suspensivos, sí!

–¿Quieres agregar algo más?

–No. Por ahora es suficiente –dijo Violante, al imaginar aquellas historias dentro de un libro: hermoso, azul, de portada luminosa y febril, y hojas límpidas como su anhelo.

–Entonces... ¿Quién escribe el punto final final final?

–¡Tú, Violante! ¡Hazlo tú...!

–No. Te invito. Los dos, como siempre ha sido. Ven...

La cola de Arnaldo el Aventurero y el dedo índice de la mano derecha de Violante se unieron en lo que pudo ser un co-dedo o una de-cola, y ubicaron el punto final al centro de la página casi en blanco. Así, en mayúsculas. ¿Ven?

¡PUNTO FINAL FINAL FINAL!

–Final no... –ordenó suavemente Violante–. Será mejor escribir punto y seguido, o puntos suspensivos, muchos puntos suspensivos... Es más hermoso, ¿no crees?

–Y más esperanzador –agregó Arnaldo el Aventurero, quien no deseaba pasar el resto de su vida en la perenne rutina.

Se miraron mutuamente y salieron al jardín donde crecían crisantemos y rosas, girasoles, tomillos, madreselvas; un sinfín de plantas y arbustos. Allí, sin percatarse que el No murciélago los observaba, se quedaron dormidos...

Advertencia al señor Editor:

No coloque FIN en esta página. Lo prohíben los Autores. En todo caso: CONTINUARÁ... (así, con los puntos suspensivos)...

¡PUNTO FINAL FINAL FINAL!

ÍNDICE

ACERCA DEL ARTISTA

La artista de la plástica Sandra Ramos (Cuba, 1969) es graduada del Instituto Superior de Arte de La Habana y su trabajo abarca técnicas como la instalación, el video, la pintura, el grabado y el dibujo, basándose en la recuperación de la memoria social e individual, y en temas como la soledad, la migración y la manipulación de la historia y la memoria.

Ha recibido numerosas residencias artísticas, como The Fountainhead Art Residency, Miami; Open Study Art Residency, Fuchu Art Museum, Japón; Barbican Center Art Residency, Reino Unido y Civitella Ranieri Foundation Art Residency, Italia. Obras suyas se encuentran en las colecciones permanentes del Museo Nacional de Bellas Artes de La Habana, el Grafik Museum Stiftung Schreiner de Alemania, el Museum of Modern Art de New York y el Thyssen-Bornemisza Art Contemporary de Austria.

www.ingramcontent.com/pod-product-compliance
Lightning Source LLC
Chambersburg PA
CBHW041729240626
47171CB00004B/24